MANUEL VASSEUR

LA

RÉVOLTE

DE

CAÏMAN

N'entre pas ici Critique, tu mangerais tout !!

Prix : 1 fr. 25 c.

VALENCE
Imprimerie et lithographie Ch. Chaléat, rue St-Félix
—
1870

LA RÉVOLTE

DE CAÏMAN

UN GALL

DU PAYS DE GAULE

La Discorde.

———

Dans la lune un jour il se fit
Qu'un Gall, d'humeur aventureuse,
Voulut s'instruire avec profit
Et chercher l'Arabie heureuse.
Favorisé de peu d'argent
— Ce n'est pas ce qui déshonore —
Il partit en se dirigeant
Vers les bords de la mer sonore.

Après avoir, — vu les revers,—
Souffert beaucoup dans mainte barque,
Essayé vingt métiers divers,
Excepté celui de monarque ;
Le hasard, ou bien son destin,
Le menant par mers et par villes
Le fit aborder un matin,
Au royaume des Crocodiles.

Dans ce temps là, dans ce pays,
Le roi, vieillard au cœur peu tendre,
Se chamaillait avec son fils,
Sans qu'un des deux voulût se rendre.
Le jeune Caïman disait
Au vieux crocodile son père,
Que son pouvoir lui déplaisait
Et qu'il était par trop sévère.

« Partageons, disait-il, papa,
« Les revenus et la puissance,
« Ou de tous les biens de mama,
« Au moins donnez-moi jouissance.
« A mon âge un garçon, vraiment,
« Surtout étant fils d'un tel père,
« Ne peut vivre éternellement
« Comme un râpé, dans la misère.

« Considérez, seigneur, ceci :
« Que votre âge, que Dieu prolonge !
« Se ressent par trop du souci,
« Où le faix du pouvoir nous plonge.
« Dans l'intérêt de mon repos,
« Au sujet de votre existence,
« Je crois qu'il serait à propos
« De me remettre la régence.

« Vous m'aiderez de vos conseils,
« Ah ! qu'il me sera doux, cher père,
« D'en avoir longtemps de pareils,
« Et de les suivre en toute affaire.
« Ainsi, voyez, tout marchera,
« Comme si vous étiez en tête,
« Votre santé refleurira
« Et ma joie en sera parfaite.

« Ho ! Ho ! fit alors le vieillard,
« Mon fils tu n'as pas la marotte,
« Mais tu te lèves un peu tard,
« Pour me tirer cette carotte.
« Je te conseille et de ce pas,
« D'enfiler lestement la porte,
« Ou si je ne te rosse pas,
« Je veux que le diable m'emporte. »

Ce roi là n'était pas très fort
Pour le haut genre académique;
Qu'il eût raison ou qu'il eût tort,
On comprenait sa rhétorique.
Vieillard rigide, au regard dur,
De main prompte et désobligeante ,
Le meilleur, comme le plus sûr,
Etait de prendre la tangente.

Je dis donc que c'est justement
Quand éclata cette querelle,
Que notre coq, vers Caïman (1),
Dirigea sa marche nouvelle.
Sans se mettre en peine de rien ,
Il entre dans la capitale,
Comme chez lui ; tant mal que bien
Dans un des faubourgs il s'installe.

(1) Capitale du pays et nom donné aussi au
jeune prince.

La Révolte.

La discorde, aux cris furibonds,
Poussait tout le monde à la guerre.
Elle avait fait sortir des gonds
Le fils aussi bien que le père.
Maint crocodile avait pris part,
Dans le complot du jeune prince
Et tant suivaient son étendard,
Que ce n'était pas chose mince.

Dans les révoltés on voyait,
Un Gall arrivé de la veille.
Pour le combat il s'essayait,
Portant la crète sur l'oreille.
C'est le fort de sa nation,
D'être de toutes les disputes,
Et de se faire champion,
De Pierre ou Paul en deux minutes.

Le prince avait fort remarqué,
Ce partisan d'un beau plumage.
« Où donc avez-vous remorqué,
« Demanda-t-il, ce personnage?
« Il est à coup sûr étranger,
« Car il n'a rien du crocodile;
« Comment à braver le danger,
« A-t-il l'humeur aussi facile?

« Prince, lui dit alors le coq
« Qui venait d'entendre la chose,
« Je me sens ferme comme un roc,
« Pour soutenir la bonne cause.
« J'ai jugé que dans tout ceci,
« Le tort venait de votre père,
« Et je vous dis en raccourci,
« Qu'il ne faut pas se laisser faire. »

Heureux français dont les talents
Surpassent ceux de tous les autres,
Ceux des Anglais, gens froids et lents,
Sont bien loin de valoir les vôtres.
Les Allemands? seigneur, bon Dieu !
De grosses gens qu'on ne craint guère;
Dont tout l'esprit sort du milieu
De la choucroûte et de la bière.

C'est un fait, mais l'esprit gaulois
Est bien l'esprit le plus aimable.
Qu'il est subtil, qu'il est narquois,
Délicat, profond, charitable !
Chez nous les plus minces voyous ;
En revendraient à Charlemagne ;
Et le dernier planteur de choux
A plus d'esprit que l'Allemagne.

Tout est chez nous, le jugement
Sain, rapide et plein de justesse.
Nous prenons feu dans un moment
Pour le parti de la faiblesse.
C'est beau, c'est grand, et l'étranger,
Que la chose emberlificote,
S'il osait nous faire enrager
Nous traiterait de Don Quichotte.

Oui, nous avons toujours l'esprit
De l'ancienne chevalerie.
Et nous avons partout détruit,
Les progrès de la barbarie.
C'est ce qui fait précisément,
Qu'on nous déteste et qu'on déclare,
Que nous fourrons injustement
Notre nez dans toute bagarre.

On a bien appliqué parfois
Sur ce nez des mains assez dures,
Et l'on dit qu'en plusieurs endroits
Il a gardé des écorchures.
Mais c'est tout par méchanceté,
Rancune odieuse et craintive,
Si le nez est empaqueté
C'est que la bise est un peu vive.

C'est ainsi que ces bons Gaulois,
L'un l'autre se grattant l'oreille,
Font de l'esprit et font des lois,
Tant et si bien que c'est merveille.
Les étrangers abasourdis
En ont des nez longs d'une toise,
L'esprit leur venant de Paris
De Pézénas ou de Pontoise.

Pour revenir à notre Gall,
Au milieu de la foule émue,
Il fredonnait tant bien que mal
La chanson du *Pied qui remue*.
Ce chant, avec les mirlitons,
D'esprit gaulois chef-d'œuvre rare,
A ravi d'aise les cantons
De la France et de la Navarre.

L'Attaque.

Ah! combien le soleil est lent
A toucher la vague qui pleure.
Que le jour a paru brûlant
Aux conjurés, dans leur demeure.
Dans un vieux caravansérail,
Abandonné du pauvre même,
Ils sont cachés, dans l'attirail
De gens n'allant pas de baptème.

Le Gall est prêt, le Prince aussi,
Les conjurés sont pleins d'audace.
Muse éclatante, c'est ici
Qu'il te faudrait prendre ma place!
Tu nous dirais, en peu de mots,
Ce combat gigantesque et sombre,
Où la nuit vit tant de héros
Fort heureux de trouver son ombre.

Mais enfin l'ombre se répand
Et la nuit couvre l'hémisphère,
La révolte avance en rampant
Avec le meurtre sanguinaire.
Mais le vieux sultan n'est pas mort,
Il s'est douté de l'algarade,
Et c'est faux si l'on croit qu'il dort,
Car il attend la sérénade.

Le signal à peine est donné
Chacun à l'attaque s'élance;
Le combat se livre acharné.
Longtemps la victoire balance,
Car le vieux roi de ses soldats
Avait fait avancer l'élite,
Et ce n'était pas l'arme au bras
Qu'ils recevaient cette visite.

Toute la ville était en feu,
Ce n'était que hurlements sombres,
Cris de mort, et l'on voyait peu
Ce qui se passait dans les ombres.
Les deux partis se déchiraient,
Sans que l'on pût savoir encore,
Qui, triomphant, éclaireraient
Les premiers rayons de l'aurore.

La Victoire.

—

Le jeune prince avait déjà
Tapé dur sur plus d'une tête.
De son côté l'ancien pacha,
Se trouvait là comme à la fête.
Chacun montrait bien qu'il était
D'une ardente et vaillante race,
Et franchement on combattait
D'une manière fort tenace.

Mais le plus beau dans tout cela
Etait le Gall de mon histoire,
Dans les premiers rangs il vola,
Ne se battant que pour la gloire.
A chaque coup de ses ergots,
Il abattait un crocodile ;
Il en mit ainsi sur le dos,
Ma foi, je pourrais dire un mille.

Devant lui bientôt la terreur
Fit reculer la ligne entière,
Les ennemis frappés de peur
Lui montraient déjà le derrière.
Le jeune prince était ravi,
Et parmi la troupe rebelle,
Chacun s'efforçait à l'envi
Et frappait alors de plus belle.

A cet aspect, le vieux sultan,
— Car mon devoir et de vous dire
Que le culte affreux du coran
Etait celui de cet empire, —
Le pauvre roi, tout hors de lui,
Grinçait des dents, le vieil avare ;
« Allah ! dit-il, c'est aujourd'hui
« Qu'il faudra donc que je démarre ? »

Mais le diable aussi s'en mêlait
Et Satan vint prêter son aide.
Du malheur lui-même il allait
Faire sortir le bon remède.
Déjà le sérail était pris
Et le Gall, suivi des rebelles,
En amateur avait surpris
Le Harem, ce palais des belles.

Exterminer en un instant
Ce qui s'oppose à son passage,
Faire esquiver tambour battant
L'Eunuque au noir et laid visage,
Ce fut l'effet de la valeur
Du Gall, tout frémissant de gloire;
Mais voici l'heure où, par malheur,
Va se dérober la victoire.

La Faute.

———

Amour! puis-je ici t'appeler
Sans frémir de ton injustice?
Que de maux on voit s'élever
Fruits amers de ton seul caprice!
Cruel! tu détruisis toujours
Les plus beaux projets de ce monde;
Tu flétris à plaisir nos jours
Et ta joie est alors profonde.

C'est toi qui fis, dans un combat,
Perdre le monde au brave Antoine.
A ton gré nous changeons d'état,
Tel fut soldat qui devient moine.
Héloïse a versé des pleurs
Qui n'étaient dus qu'à ta puissance,
Et les trois quarts de nos malheurs
De ton caprice ont pris naissance.

Ah! que n'aurais-je pas ici
A raconter de ton audace?
Mais, dans mon thème retréci,
Je n'aurais pas assez de place.
Qu'il nous suffise de savoir
Qu'une fois au milieu des belles,
Le Gall croyait de son devoir
De faire l'aimable auprès d'elles.

Les gens de son heureux pays
Sont galants, dit-on, de naissance;
Les butors et les mal appris
Ne sont pas herbes de la France,
Et le dernier des tourlourous
Triomphera de telle place,
Qui tiendra ferme sous les coups
Et les assauts de Lovelace.

Non! non! lecteur, je ne veux pas
Suivre le Gall près des Sultanes.
Qui sait à quels tristes ébats,
Il se livra sous les platanes?
C'est affreux à penser, vraiment,
Et je suis sûr que Lafontaine
En eût fait un conte charmant,
Mais que je lirais avec peine.

Avant tout conservons toujours
L'ordre, les mœurs et la famille.
Je crains les trop légers discours
Et j'en rougis comme une fille.
Je me souviens d'un mien ami,
Ayant eu pas mal de misères,
Pour n'avoir pourtant qu'à demi,
Tâté..... des lectures légères.

Trop légère aussi fut du Gall
La conduite et la contenance,
Et plus tard il s'en trouva mal
Comme j'en ai la souvenance.
Car l'aile droite du combat,
En le suivant par trop au large,
Ne se trouvait plus en état,
De pouvoir soutenir la charge.

Le prince fit la même erreur,
De là le centre de bataille,
N'eut plus de force et de teneur
Et fut broyé par la mitraille
En vain Kousdour, qui commandait,
De toute part faisait-il rage,
On sentait que le sort tendait
A changer bientôt de visage.

La Déroute.

———

Le vieux roi, voyant l'ennemi
S'étendre trop avec ses ailes,
« S'écria, bravo! cher ami,
« Tu vas avoir de mes nouvelles. »
Il fait charger avec élan
Les révoltés, droit sur le centre,
Et vous les jette sur le flanc,
En leur passant dessus le ventre.

Cela remplit de désarroi
Les assaillants, comme on le pense.
Déjà la colère du roi
Grandissait pleine de vengeance.
Les cœurs se sentaient faiblissant,
En raisonnant de cette sorte,
Et plus d'un brave en pâlissant,
Aurait voulu gagner la porte.

Tout fut débâcle en un clin d'œil,
La révolte et ses mille têtes
Eût pris des jambes de chevreuil
Pour échapper aux baïonnettes.
Le sérail était reconquis,
Bientôt les places furent prises,
Et du vieux roi les ennemis
Allaient en voir, — et puis des grises!

Le Harem, sujet un moment
D'un effort par trop téméraire,
Fut tourné fort adroitement
Par un habile janissaire.
Des rebelles qui s'y trouvaient,
Trop avancés par leur audace,
Bien peu, par ma foi, se sauvaient,
On les coupait menu sur place.

Le père roi, comme un païen,
Jurait à qui voulait l'entendre,
Que par le diable il saurait bien
Forcer les galants à se rendre,
Et qu'il voulait pour les punir
Faire empaler les bons apôtres.
Son fils, s'il pouvait le tenir,
Ferait figure avec les autres.

« Enfoncez, criait-il, soudain
« Portes, fenêtres et murailles.
« Faites le siége du jardin,
« Ah! que je pince les canailles!
« Dans mon Harem? par Mahomet!
« C'est trop fort! j'en serai malade.
« Mais je vais, si Dieu le permet,
« Leur préparer une salade. »

Le Gall, vous le savez, lecteur,
Ne se faisant jamais de bile,
Dans le Harem, ah! quelle horreur!
Voulait polker comme à Mabile.
Le père roi, qui s'en doutait,
S'arrachait la barbe de rage.
Jugez, en vieux turc qu'il était,
S'il devait ressentir l'outrage?

Mais bientôt le bal eut sa fin;
Notre Gall, malgré sa jactance,
Dut songer à prendre un chemin
Qui l'éloignât de la potence.
Il avait, en français pur sang,
Ravi le cœur d'une sultane,
Mais le guignon le poursuivant,
Vite il grimpa sur un platane.

L'exemple est fort contagieux.
Aussitôt chaque crocodile,
Dans le jardin, à qui mieux mieux,
Recherchait une fuite habile.
Les fuyards imitant le Gall,
Se hissaient aux plus hautes branches,
Ne soufflant mot ; mais c'est égal,
Ce n'était pas colombes blanches.

Qu'après cela tels écrivains
Viennent parler des Hespérides ?
Ou qu'on me vante les jardins,
Des enchanteurs et des Armides.
Jamais, non jamais, je le dis,
Arbre au mien ne fut comparable,
Jamais oiseaux de paradis,
Ne firent un effet semblable.

Le hasard amène un boulet,
Qui met en deux le beau platane,
Où mon héros se désolait,
Maudissant son désir profane.
L'arbre tombe en travers d'un mur,
Qui donnait sur une ruelle ;
Il se casse et fait un pont sûr,
Pour éviter la mort cruelle.

Un héros ne craint point le mal,
Le mien, debout après sa chute,
Se dit : « à l'agrément du pal,
  « Moi je préfère la culbute,
  « Mes amis, soyons courageux,
  « Suivez-moi jusqu'au bout du monde,
  « Par file à gauche, en avant-deux,
  « Et défilons à la seconde. »

Un Dieu voulut, dans sa bonté,
Que la plupart des crocodiles
Purent franchir le pont jeté,
La peur rendant les gens agiles.
Le janissaire et ses soldats,
En courant arrivaient en nombre,
Tout surpris de voir sous leurs pas
Tout disparaître comme une ombre.

La Fuite.

La déroute était générale,
Le prince, vivement poussé,
Ne dut qu'à sa bonne cavale
De ne pas se trouver pincé.
La chose pour lui fut heureuse,
Car le terrible et vieux sultan,
Dans sa fureur victorieuse,
L'eut fait décoller à l'instant.

Il fuit, et dans toute la ville
Il voit des morts, de là, d'ici.
On massacre, et la gent servile
Comme toujours s'en mêle aussi.
Ses amis défaits en bataille,
Les uns des autres détachés,
Par les soldats et la racaille,
Etaient, à la lettre, hachés.

Revenu d'un moment de crainte,
Le vieux roi, se frottant les mains,
Fit garnir de troupes l'enceinte
De la ville et tous les chemins.
Désormais, brisée et vaincue,
La révolte expiera son tort ;
Les malheureux, à chaque issue,
Ont porte close et triste mort.

Malgré le massacre et les balles,
Le prince, en poussant son cheval,
Avait pu joindre, près des Halles,
Vingt des siens et leur général.
C'était notre Gall en retraite,
Se rabattant sur les faubourgs,
A grand pas, filant sans trompette,
Et comme on pense, sans tambours.

« Venez mon prince ! à vous la gloire,
« — Le Gall était un peu blagueur —
« D'un jour, on pourra bien le croire,
« Où Mars lui-même aurait pris peur.
« Comptez sur moi pour vous défendre
« Et pour vous sauver, à coup sûr ;
« Jamais on ne viendra vous prendre
« Au fond de mon réduit obscur.

« C'est là la dernière espérance
« Qui pour vous brille en ce moment
« Il faut savoir, à l'occurence,
« Se loger peu commodément.
« Mon corps sera votre barrière
« Si jamais on vous attaquait,
« Et que ma tête la première,
« Soit plantée au bout d'un piquet. »

A ces mots ils forcent la porte,
Du faubourg où logeait le Gall ;
Outre les trois quarts de l'escorte,
Le prince y laissa son cheval.
On le crut mort dans la mêlée,
Mais le Gall, et lui par bonheur,
Gagnèrent une sombre allée,
Ayant tout perdu, fors l'honneur.

La nuit protégeant de ses voiles
Les deux fuyards dans leur chemin,
Ils vont, sans compter les étoiles,
Se blottir au fond d'un jardin,
Puis, entrant par une fenêtre,
Ils se logèrent chez le Gall,
Ayant besoin de se remettre
Et le physique et le moral.

Le Lendemain.

—

L'astre du jour étincelant
Dorait les hautes pyramides,
Et Memnon, — et le Nil coulant
Au milieu de plages humides.
Il portait ses rayons de feu
Au-delà du désert immense,
Et sous la feuille et le ciel bleu
Les oiseaux chantaient leur romance.

Ah! quand je vois, le jour, surgir
Tant de beautés, tant de merveilles ;
Quand tout est charme et doux plaisir
Pour le regard et les oreilles :
Quand je vois, dans l'ombre des nuits,
Les diamants poudrer l'espace,
Je pense à l'homme. — Et puis je suis
Mécontent d'être de sa race.

Mais bref, — celui qui sent le mal
Et l'ennui pesant qui l'oppresse,
Vous dira : — cela m'est égal
« Je sais bien où le bât me blesse.
« Avant tout je voudrais un sort,
« Moins balloté par l'infortune,
« Et ne m'occupe pas très fort
« Du Rossignol et de la Lune. »

C'est ainsi que pensait le Gall
Aux premiers rayons de l'aurore.
Il était toujours matinal
Et peut-être l'est-il encore.
Il poussa son jeune voisin
En lui disant : « allons, mon prince !
« Il faut songer un petit brin
« Aux affaires de la province.

« Avant tout, il faut déjeûner;
« Que mangez-vous? Quelle est votre heure?
« Que vais-je pouvoir vous donner,
« Aimez-vous la cuisine au beurre?
« Pour quant à moi, dans ce moment,
« Je ne fais pas de différence
« Du beurre à l'huile, et franchement,
« Eussent-ils même un goût de rance.

« Je n'ai jamais été très fort
« Sur la science et la physique.
« Je n'ai jamais compris d'abord
« La pression athmosphérique.
« Quand je ne sens dans l'estomac
« Que l'air pressé par sa colonne,
« Je suis sûr qu'un vide immédiat
« Se fait alors dans ma personne.

« C'est pourquoi voulant empêcher
« Le vide, effet contre nature,
« Il nous faut vivement chercher
« A boucher sa large ouverture ;
« Trouvez donc, mon prince, un moyen,
« — Un prince est fort en toute chose, —
« De résoudre et mener à bien
« Le calcul que je vous propose. »

A ces mots, le gai compagnon
Va chercher dans le voisinage,
En fourbis, des œufs, de l'ognon
Et du maïs pour tout potage.
Le fourbi? ce n'est pas voler,
Le haut goût du jour vous l'impose;
Il suffit de le rappeler,
— C'est subtiliser une chose. —

Le Déjeuner.

—

Le prince, en sursaut réveillé,
D'une natte ayant fait sa couche,
Le bras en guise d'oreiller,
Avait cent soupirs à la bouche.
Son corps, de fatigue moulu,
Etait sensible à chaque membre,
Et quand le prince l'eût voulu,
Il n'eût pu sortir de la chambre.

« Malheureux ! se dit-il alors,
« Maintenant mon sort est terrible !
« Quand j'avouerais cent fois mes torts,
« Mon père y serait insensible.
« Il ne me reste d'autre espoir,
« Que d'avoir la tête tranchée,
« Ou dans le fond de ce trou noir,
« De la tenir longtemps cachée.

« Allons ! ne pleurez donc pas tant,
« Dit le Gall, rentrant à la hâte,
« Refaites-vous en attendant,
« Oubliant la fortune ingrate.
« C'est de la sorte qu'ici-bas
« Les choses changent de figure,
« Mais malgré tout il ne faut pas
« Vous affliger outre mesure.

« Voilà des œufs, voilà du pain,
« De beaux ognons que rien n'égale,
« Je vous fais faire ce matin
« Un repas de Sardanapale.
« Dans Paris, au Palais-Royal,
« Il n'est pas gargotier, je pense,
« Qui puisse offrir un festival
« Plus choisi, quant à la dépense.

« Passez-moi de ce maïs là,
« Frottez de l'aïl sur votre croûte.
« Buvez mon prince, sans cela
« Le morceau resterait en route.
« Que cette eau fait bien là-dessus !
« Près de ce bienfaisant liquide,
« Le Clos-Vougeot est du verjus
« Et le champagne est insipide.

« Laissez donc! je ne puis souffrir
« Les trop grands frais en nourriture.
« Que de charme et que de plaisir
« En s'approchant de la nature.
« Ces grands diners pleins d'embarras,
« Ces rôtis, ces vins, ces volailles ;
« Pour moi j'en fais fort peu de cas,
« Car ils m'échauffent les entrailles. »

Le prince, à tous ces beaux propos,
Et ce discours sur la sagesse,
Ne répondait que peu de mots
Et se sentait peu d'allégresse.
Le Gall, lui dit en se taillant
Un cure-dent dans un bois mince :
« Vous êtes beau, jeune et vaillant,
« Mais bien vite abattu, mon prince.

« Ecoutez, — moi, je sais un peu
« Ce que c'est que d'apprendre à vivre.
« Vous êtes encor mon neveu,
« A l'abécé de ce grand livre.
« Aujourd'hui tel est triomphant,
« Qui demain cherchera l'aumône,
« Et tel, proscrit et se cachant,
« Dans un an ceindra la couronne.

« Ah ! puisses-tu, brave soldat,
« Y voir clair dans ce jour hostile ?
« Tu serais ministre d'Etat
« Et grand Cordon du Crocodile,
« Je te voudrais à tout moment
« Près de ma royale personne,
« Je t'en fais ici le serment,
« Si jamais je parviens au trône. »

C'est ainsi que, dans son malheur
Et sous le poids de la souffrance,
Le jeune prince avec chaleur
Exprimait sa reconnaissance.
Il jurait ! mais de ces serments
Vous savez, sans que je m'explique,
Comme on les tient avec le temps
Et de quel bois on les fabrique.

« Le ministère et grand Cordon ?
« Répondit l'enfant de la Gaule,
« Monseigneur, vous êtes bien bon,
« C'est beaucoup et ça paraît drôle.
« C'est beaucoup trop ; — Quant à régner,
« Si jamais vous avez la chance,
« Promettez-moi de m'épargner
« Ce cordon de reconnaissance. »

A ces mots, très sages, du Gall
Qui connaissait un peu le monde:
« — Comment peux-tu juger si mal
« Ma reconnaissance profonde ? »
Lui dit le prince en se levant
A moitié sur la natte humide,
« — Tu me prends donc assurément
« Pour un être ingrat et perfide ?

« Du tout, du tout ! je ne vous prends
« Que pour un prince comme un autre ;
« Mais, quel est ce bruit que j'entends,
« Et que vient crier cet apôtre ?
« Le crieur public, par ma foi !
« Il va nous en dire des belles,
« Fermons le bec, tenez-vous coi,
« Et voyons un peu les nouvelles.

Le Crieur public.

« A tout le peuple de ce lieu
« A celui du royaume immense :
« Le Sultan, image de Dieu,
« Daigne promettre récompense
« A celui qui lui livrera,
« Mort ou vivant, son fils coupable,
« Ou simplement lui portera
« La tête de ce misérable.

« Ecoutez donc, chiens, à genoux,
« Ce que fait dire votre maître ;
« Celui seulement d'entre vous,
« Qui pourra lui faire connaître
« La retraite du fugitif,
« Aura pour le prix de sa peine,
« Outre la maison du captif,
« Un riche et superbe domaine.

« Mais, heureux celui qui pourra
« Montrer le fils ou bien sa tête.
« Non ! jamais rien n'égalera
« Une fortune aussi complète.
« Deux forts chameaux tout chargés d'or,
« Deux beaux palais, cinq cents esclaves,
« Et votre maître y joint encor,
« Vingt albanais de ses plus braves.

« Tremblez ! tremblez ! fils de la nuit
« Qui dérobez le fils au père,
« Déjà la flamme vous poursuit
« Et j'entends craquer le tonnerre.
« Malheur à vous ! malheur à vous !
« Votre sort serait préférable,
« Si vous étiez au fond de trous,
« A cent pieds sous la terre arable. »

Il finit, le peuple incliné
Ecoutait en profond silence ;
Plus d'un était éperonné
Par l'offre de la récompense.
Des palais et des quintaux d'or !
C'était aubaine bonne à prendre,
Et combien pour moindre trésor
Ont manqué de se faire pendre.

« Qu'Allah protége Mehémet (1)
« Son doux ministre » dit la foule.
Le crieur en marche se met
Et le peuple après lui s'écoule.
Le Gall disait à son ami,
Qui n'était pas comme à la fête,
Si jamais ce gueux entre ici,
Je lui fends jusqu'aux yeux la tête.

------

(1) C'est le nom du vieux roi.

La Crainte.

———

Le pauvre prince était bien loin
D'avoir la mine fort heureuse,
Il aurait eu même besoin,
D'un flacon de grande Chartreuse.
Il tremblait jusque dans ses os,
Tant il connaissait son cher père ;
Et je demande à ce propos,
Si quelqu'un aurait pû moins faire.

J'ai toujours trouvé ravissant
L'amour des têtes couronnées.
Le père est avide du sang
D'un fils dont il craint les menées.
Le fils soupire après la mort
De son vieux détestable père,
Et le frère attend que le sort
Le débarrasse de son frère.

Bref! le prince essuyait son front
Et pensait tout bas en lui-même,
« C'est fini !.. les gueux me prendront
« Et mon malheur est à l'extrême.
« Ce Gall lui-même pourra-t-il
« Résister à la récompense,
« Il paraît, il est vrai, gentil,
« Mais n'est pas sans désirs, je pense.

« Malheureux, que je suis pourtant
« D'avoir tenté cette escapade!
« Il fallait bien certainement
« Que j'eusse le cerveau malade.
« Ah! qu'il faudrait bien réfléchir,
« Avant d'entreprendre une affaire,
« Car après, le seul repentir
« Ne suffit pas pour vous refaire. »

Mais quand le prince vit du Gall
Le front, de clair devenir sombre,
Il se dit : « la chose va mal,
« L'ami m'égorgera dans l'ombre.
« Allah! Allah! c'était écrit,
« Comme l'a dit le saint prophète;
« Ce soir, peut-être cette nuit,
« Je n'ai plus qu'à donner ma tête. »

Le Gall aussi vit du proscrit
La crainte étrange et naturelle.
« Prince, dit-il, de votre esprit
« Chassez cette angoisse nouvelle.
« Si le malheur, comme un chacal,
« Rôde au pied de notre fenêtre,
• Sachez bien que jamais le Gall
« N'a porté la face d'un traître. »

C'est fort bien... Mais, ô cœur humain,
Qui sondera tes précipices?
Qui pourra montrer de la main
Un peu de bien pour tant de vices?
Qui pourra dire : « Celui-là
« Ne sera jamais infidèle, — •
Et dormir sur cette mer là
Tranquille au fond de sa nacelle?

Un once d'or... — un vain reflet
De rubans, — d'honneurs, — de parure, —
Peuvent produire un tel effet
Que de rendre infâme et parjure.
Quand nous voyons tant de puissants
Se vautrer dans l'ignominie,
Moins criminel que tous ces gens,
Mon Gall peut céder à l'envie.

Le Regret.

———

Qu'ils sont heureux ceux que le sort
Laisse en paix jouir de la vie?
C'est une barque dans le port
D'où jamais elle n'est sortie.
Mais sitôt qu'elle lancera
Sa proue aux vagues écumantes,
La crainte amère la suivra
Et les nuits pleines d'épouvantes.

On regrette alors le moment
Où l'on coulait des jours tranquilles.
Ce repos, suprême agrément
Que nous trouvions dans nos asiles.
On se reproche d'avoir pu
Si mal comprendre son bien-être,
Et par caprice avoir rompu,
Tout son bonheur sans le connaître.

Il fut un temps où dans nos cœurs
Parlait une voix suppliante.
Sans l'écouter, de nos erreurs
Nous suivions la forme brillante.
Mais plus tard, quand l'âpre revers
Nous saisit, nous dompte et nous brise,
Nous cherchons si le son des airs,
Nous rendra la voix incomprise.

Elle disait : — ô reste encor
Sous le toit de nos hirondelles !
Quels reflets, ou quels rêves d'or
Vois-tu luire aux plages nouvelles ?
Ne quitte pas ce vieux foyer,
Près duquel ta mère craintive
Passa tant d'heures à prier,
En berçant l'enfance plaintive.

Vois la mort dans le sein des flots
Ouvrir ses bras toujours avides,
Entends là pousser des sanglots
Au milieu des vagues livides.
Reste ! reste au seuil maternel,
Ne quitte pas ce doux rivage,
Mais tu pars... adieu !.. que le ciel
Te reconduise à notre plage.

La Nuit.

Hélas! l'homme est ainsi bâti,
Nous sommes tous de même pâte.
Celui qui n'a jamais pâti,
A souffrir follement se hâte.
Mon prince aussi réfléchissait,
Dans le sens que je viens de dire,
Et plus le pauvre homme y pensait,
Et moins cela le faisait rire.

Mais la nuit où tout devient noir,
Sa peur allait à tire-d'ailes.
Il s'attendait toujours à voir
Le poignard en des mains cruelles.
Il n'avait plus alors de foi
Aux serments de son camarade;
Au moindre bruit, tremblant d'effroi,
Il écoutait comme un malade.

3

Pendant que le prince épuisé,
Par la fatigue et par la crainte,
Tout inquiet n'avait osé
Dormir un instant sans contrainte,
Mais levant toujours le regard,
Cherchait un ennemi dans l'ombre :
Le Gall qui reposait à part,
De soucis avait un bon nombre.

Le mal qui cherche à chaque instant,
A s'emparer du cœur de l'homme :
Le mal... Je veux dire Satan, —
Se glissa, rapide fantôme,
Jusqu'auprès du Gall agité,
Et, voltigeant à son oreille,
Lui tint, avec habileté,
Ce discours, ou chose pareille.

Iblis ou le Tentateur.

———

« Ami ! n'as-tu donc point assez
« De vingt ans d'affreuse misère?
« De tes maux présents et passés,
« Et de ton sort chétif sur terre?
« Laisseras-tu comme un niais
« Passer l'occasion présente,
« Et faut-il chercher tant de biais
« Dans une chose si pressante?

« Depuis longtemps tu cours après
« Les bords de la terre promise,
« Et l'on dirait que tout exprès
« Le ciel ici te favorise.
« Rappelle-toi combien de fois
« Tu sentis la misère dure;
« Jetant au sort, à haute voix,
« Et les reproches et l'injure.

« Ne te plains donc plus... mais voici
« L'heure où le sort, guidant ta barque,
« Dans tes mains jette sans souci,
« Des trésors dignes d'un monarque.
« Ne laisse donc pas échapper
« L'occasion unique et belle,
« Car après pour la rattraper
« Tu courrais en vain après elle.

« Et si tu crains de te souiller
« Par le sang de ce fils indigne,
« Pendant qu'il est à sommeiller
« Vas au palais en droite ligne.
« Dis au sultan que tu connais
« Le refuge où se tient le traître,
« Et qu'exprès tu l'y retenais
« Pour servir ton superbe maître.

« Aussitôt pour toi s'ouvrira
« La grande porte des richesses,
« A tes mots chacun sourira,
« Cent beautés seront tes maitresses.
« Tes palais auront des jets d'eau,
« Tes jardins des couches fleuries,
« Et le plaisir toujours nouveau
« Te suivra dans les galeries.

« Quand tu sortiras, après toi
« Tes soldats aux armes dorées
« Te suivront, comme on suit le roi,
« Couverts d'étoffes bigarées.
« L'esclave noir silencieux
« De ton cheval tiendra la bride ;
« La soie et l'or brillant aux yeux
« Orneront l'animal rapide.

« Que de gloire et que de bonheur
« Pour la fin de ton existence !
« Vit-on jamais tant de splendeur
« Succéder à tant d'indigence ?
« Que l'homme est souvent maladroit
« Et plus tard a tort de se plaindre,
« Quand la fortune, à son endroit,
« Fit tout pour se laisser atteindre.

« Regarde à présent si tu peux
« Hésiter en telle occurence,
« Refuser de te faire heureux,
« Quand la chose est en ta puissance.
« Ici te parle la raison,
« C'est à toi de savoir la suivre,
« Reste donc pauvre, mon garçon,
« Ou fais-toi riche et sache vivre ! »

L'Incertitude.

——

— Ouf! dit le Gall en se tournant
Sur le grabat de sa misère :
« Que de peine et que de tourment
« Il faut avoir sur cette terre,
« Me voilà drôlement placé,
« Entre l'honneur et la richesse,
« Et si je suis embarrassé,
« Combien seraient dans l'allégresse ?

« Après tout, qu'est-ce donc l'honneur ?
« Un vain mot, une sotte image.
« Fait-il refuser le bonheur
« Pour courir après ce mirage ?
« L'homme est-il dans l'honnêteté,
« Je vous prie, ou dans l'or lui-même ?
« Je crois qu'avec facilité
« On peut résoudre le problème.

« Quel est mon sort, ne sachant pas
« Où demain sera ma pitance,
« Forcé de me mêler de cas
« Qui vous font risquer la potence?
« Malade, vous ne trouvez point,
« Pour reposer, un peu de paille;
« Vous suez la fièvre en un coin
« Comme un vieux chien, un rien qui vaille.

« Est-ce un lit, ce grabat hideux?
« De l'oignon? Est-ce un ordinaire?
« Et ce manger pauvre et piteux,
« Me fait pourtant souvent la guerre.
« En fait de vêtements, je n'ai
« Qu'un vieux burnous de vieille laine,
« Dont je me sers, étant gêné,
« Pour le dimanche et la semaine.

« Par le ciel! faudra-t-il encor
« Traîner ce destin misérable?
« Non! je préfère tout d'abord
« Envoyer ma cervelle au diable.
« Une balle... et c'est bien fini!...
« Mais que dis-je? Eh! suis-je imbécile?
« Mourir!... Quand le sort m'a fourni
« Une chance unique entre mille?

« Non ! non ! car ce royal gamin
« Qui voulait détrôner son père,
« A moi, s'il eût fait son chemin,
« Eh ! parbleu ! ne penserait guère,
« J'ai lu l'histoire et dois savoir
« Que chez les gens de cette sorte,
« Si l'on fait trop bien son devoir
« On est bientôt mis à la porte.

« En vérité, je suis trop bon
« Et je devrais dire trop bête.
« En effet, pour moi ce garçon
« Irait-il exposer sa tête ?
« Mille fois non ! dans son état
« Il me vendrait pour vivre une heure ;
« Attendez qu'il s'inquiétât
« Ou que je vive ou que je meure !

« Allons, c'est dit, car après tout
« Ici même on peut venir prendre
« Mon gaillard, et du même coup
« M'agraffer sans vouloir m'entendre.
« Puis, dans la salle du sérail,
« Pour l'agrément de Sa Hautesse,
« On me guérit du goût de l'ail
« D'un coup de sabre, avec adresse. »

C'est ainsi que le pauvre Gall
Raisonnait sous le souffle infâme,
De l'enfer, dont le mot final
Etait la chute de son âme.
Alors, voulant vaincre à coup sûr,
Près de *misère* et de *souffrance*
Satan écrivit sur le mur :
Argent, honneurs et jouissance !

Mais au ciel, comme un diamant,
Montait l'étoile matinale.
Précédant vers le firmament
L'aurore blonde et virginale.
A cet aspect, du jour craintif,
Les esprits noirs rentrant sous terre,
A regret lâchent leurs captifs,
Mais brisés de leur sombre guerre.

3me PARTIE,

Le Harem.

Les palais des rois d'Orient
Sont plutôt de basse structure,
Faits de bois rares, variant
De travaux d'art et de sculpture.
Le marbre court dans les jardins,
De toutes parts, en colonnades,
Et partout des salles de bains
A faire envie à des naïades.

Les jardins d'un harem caché
Ne sont pas tirés à la corde.
Fort rarement a-t-on cherché
Que la nature à l'art s'accorde.
C'est un mélange assez plaisant
D'arbres verts, d'oiseaux et de roses,
De jets d'eau, de marbre luisant
Et d'orangers aux fleurs écloses.

Le myrthe y vient et le laurier,
Ces favoris de la lumière ;
La framboise et le citronnier,
Le jasmin, la mousse et le lierre.
Touffes de fleurs, air embaumé,
Oiseaux chantant sous les lianes,
Ah ! bon dieu ! que j'aurais aimé
A vivre là, près des sultanes !

Mais, au harem a seul accès
Le vieux sultan, amant farouche.
C'est un galant très peu français,
Rire de tigre sur la bouche.
Il veut qu'on l'aime !... et c'est bien dit,
Chacune à lui plaire s'attache ;
Au lieu d'amour, la peur le suit,
Et l'on craint toujours qu'il se fâche.

Au moindre soupçon malheureux
La mort tient la pauvre victime,
On ne demande point d'aveux,
Soupçonnée... Eh ! mais c'est le crime !
Elle proteste et se défend
Vainement de son innocence ;
La haine écoute froidement
Et se nourrit de sa souffrance.

La victime est dans un bateau,
Par les eunuques noirs menée,
Dans un sac, pour la mettre à l'eau,
On enferme l'infortunée.
Son pauvre cœur bat vainement
De l'effroi le plus effroyable;
On la jette au gouffre béant,
Avec un sourire de diable.

Ah! combien de fois le flot noir
Qui bat les bords Héllespontiques,
Passant rapide, a-t-il pu voir
Ces horreurs et scènes tragiques!
Combien de fois a-t-il reçu
De ces victimes palpitantes,
Parvenant, dans un sac cousu,
Au fond des mers, toutes vivantes!

Combien de fois la vieille tour,
Vous savez, la tour de Léandre?
A-t-elle entendu le bruit sourd
Que les corps aux flots faisaient rendre!
Que de cris à faire frémir
Ont dû frapper ces vieilles pierres,
Où venait la plainte mourir,
Et les sanglots et les prières!...

Affreux temps ! monstre plus affreux!...
Et maintenant que le beau sexe
De chez nous, dise en cris nerveux,
Et qu'on l'abime et qu'on le vexe !
Mesdames ? de grâce ! entre nous,
La différence est je crois forte
Entre vos maris filant doux
Et ceux de la Sublime Porte ?

Un instant.

———

Mais le Gall ? le Gall ? ah ! c'est vrai,
J'avais oublié son histoire.
Grand merci ! je vous sais bon gré
De me remettre la mémoire.
Quel malheur que sur les chemins,
Tant de bouchons montrent leur porte ;
J'ai beau me tenir à deux mains,
C'est toujours ma soif qui l'emporte.

C'est la faute au gouvernement,
Et si le Gall de mon histoire
Est un si mauvais garnement,
C'est de sa faute, il faut croire.
Enfin je reprends mon sujet,
Mais avant je dois dire aux Dames
Que j'élabore un grand projet
Pour changer en hommes les femmes.

N'est-ce pas l'erreur du pouvoir,
Erreur fatale, erreur profonde!
Et par laquelle on pourrait voir,
Un beau matin la fin du monde;
Que nos épouses ne soient pas
Nos maris? Ce qui serait drôle.
Mais le progrès marche à grandpas,
Je vous en donne ma parole!

Enfin, m'y voici, m'y voici!
Je bois la goutte et puis je file;
Il se fait tard; mais Dieu merci,
Nous n'avons plus qu'un demi-mille.
J'aperçois déjà le clocher
Du village et ses maisonnettes;
En route, allons, fouette cocher!
Et brûle toutes les guinguettes.

L'Esclave.

Cent cavaliers, le sabre nu,
Gardaient la porte principale
Du sérail, quand un inconnu
Pauvre hère à figure pâle
Et vêtu d'un vieux cafetan,
Voulut, de suite et sans entraves,
Lui-même porter au sultan
Une nouvelle des plus graves.

C'est à grand peine si d'abord
On écoute le pauvre hère;
L'air misérable a toujours tort
Et jamais n'en inspire guère.
Enfin, après long débat,
Il suffit de savoir qu'en somme
Le chef de garde, Ali Baba,
Vers le sultan mena notre homme.

Le fils direct de Mahomet
Sur une étoffe cramoisie,
Terrible à voir, sombre, fumait
Un tabac fin de Magnésie.
Mais on comprenait en entrant,
A l'odeur qui n'était pas d'ambre,
Qu'un drame atroce et palpitant,
S'était passé dans cette chambre.

L'étranger, entrant humblement,
Se prosterna contre la terre.
On avait dit probablement
Au sultan ce qu'il venait faire.
Celui-ci le toisa d'abord,
En fronçant un sourcil terrible.
Moi, je crois que j'en serais mort,
Etant d'un naturel sensible.

Notre inconnu, jouant gros jeu,
En voyant du sang et des têtes,
Au fond du cœur invoqua Dieu
Et tous les saints et les prophètes.
Il pensa : « Que je tombe mal !
« Le vieux loup est en train de mordre.
« Et je crains que cet animal
« Me donne du fil à retordre.

Un des bourreaux venait déjà
Par le collet prendre l'esclave,
Quand le sultan l'en empêcha
En faisant un signe à ce brave.
« Gredin, se disait l'étranger,
« N'était le roi qui nous regarde,
« Tu serais bien sûr de manger
« Ton sabre nu jusqu'à la garde.

« Mais filons ici notre nœud
« Et baissons pavillon, ma fille,
« Notre intérêt est trop en jeu
« Pour se fâcher avec ce drille,
« La Fontaine a dit quelque part,
« Que c'était chose délicate,
« Que savoir répondre avec art,
« A la cour des rois de Surate. »

Ici laissez-moi respirer,
Lecteur, car je commence à croire
Que je pourrais me pénétrer
Pour tout de bon de mon histoire.
Ma verve tarit, je le sens,
De nouveau, pour prendre la course,
Il faut attendre que le temps
Ait rempli d'eau la pauvre source.

L'Interrogatoire.

———

« Approche, esclave, et conte-moi
« Ce que tu sais de cet infâme.
« Est-il caché près de chez toi?
« Du complot savais-tu la trame?
« Sur le coupable et sur les siens
« Que ta parole soit fidèle,
« Ou tu vas rejoindre ces chiens
« Dont le sang à tes pieds ruisselle. »

A ces mots, qui vous donnaient froid,
Le vieillard, aux yeux formidables,
A l'esclave indiquait du doigt,
Les corps morts de vingt misérables.
Sur le marbre et sur les tapis,
Le sang coulait en abondance;
Et d'autres captifs accroupis
Attendaient leur tour en silence.

Ainsi jadis, dans l'Alhambra,
Dont chacun garde la mémoire,
L'œuvre de mort y consacra
Une page affreuse d'histoire.
De la fontaine des Lions
L'eau jaillissant sous les ombrages,
Se teignit en rouges bouillons,
Du sang pur des Abencerrages.

Le Récit.

———

Notre Gall, car vous avez dû
Le reconnaitre, j'aime à croire,
Un instant resta confondu,
Et, près de perdre la mémoire,
Frappant la terre de son front,
Il s'écria : « Gloire et lumière,
« D'autres peut-être mentiront,
« Mais de ton chien crois la prière.

« J'ai vu de mon Seigneur le fils,
« Ce malheureux qu'Allah confonde !
« Rongé de peur et de soucis,
« Non bien loin de la mer profonde,
« Entre deux rochers se cachant ;
« Il vit tremblant comme une bête,
« Et jamais le jour du couchant
« Ne vit misère plus complète.

« Depuis qu'Abraham a vécu,
« Il n'est pas saint ou solitaire
« Qui puisse dire d'avoir pu
« S'affliger de telle manière.
« Chaque soir et chaque matin,
« Il se flagelle outre mesure ;
« Et s'il va longtemps de ce train,
« Il faudra qu'il ait la peau dure.

« Il pleure et prie et de son cœur
« Les sanglots sortent à la file,
« De son crime il a tant d'horreur
« Qu'il ne saurait être tranquille.
« Tantôt il court, tantôt assis,
« Les remords semblent le poursuivre,
« Ce coupable et malheureux fils,
« N'en a pas pour longtemps à vivre.

« De sa faute il est pénétré
« De tels regrets et de souffrance,
« Qu'Allah, bien sûr lui saura gré
« D'une pareille repentance.
« Dans ces rochers où rien ne vient,
« Que la ronce et que la vipère,
« L'infortuné ne s'entretient
« Que de ses torts envers son père.

4

« Ah ! je suis, dit-il, en frappant
« Tantôt sa tête ou sa poitrine,
« Le plus âpre et cruel serpent,
« Que jamais le monde imagine.
« O Seigneur ! comment ai-je pu,
« Fils rebelle, enfant sanguinaire,
« Sujet perfide et corrompu,
« Tant chagriner un si bon père ?

« Ah ! bien sûr qu'Iblis, le serpent,
« Le tentateur et le coupable,
« Est celui qui, me corrompant,
« Me rendit traître et détestable.
« C'est lui qui, troublant mon cerveau,
« Dans mon cœur déversant sa bave,
« A fait un criminel nouveau,
« D'un fils jadis fidèle et brave.

« Eh bien ! puisqu'il n'est plus pour moi,
« Ou de pardon ou d'espérance,
« Que mon trépas soit pour mon roi,
« La preuve de ma repentance ;
« A ce vieux père, à son bon cœur,
« A mon seigneur et juste maître,
« Je veux épargner la douleur
« De revoir la face d'un traître.

« Il dit ; et d'un bond dans la mer
« Il plonge et disparaît de suite.
« Aussi rapide que l'éclair,
« Après lui je me précipite ;
« Je prévoyais le dénouement,
« D'un désespoir si formidable,
« Et je me tenais constamment
« Caché non loin du misérable.

« Le saisir avant qu'il pérît
« Ne fut pas une mince affaire.
« Trois fois le gouffre s'entr'ouvrit,
« Quand je croyais toucher à terre.
« La mer en cet endroit affreux,
« Est profonde et bat la falaise,
« J'y savais les requins nombreux,
« Et n'étais pas fort à mon aise.

« Enfin j'aperçois presque mort
« Mon fugitif sous une roche.
« Je prends de l'air, — et plonge encor, —
« Mais voilà qu'un requin s'approche.
« Mon cœur bat, — irai-je en avant
« Ou laisserai-je la victime ?
« Le cas était fort émouvant
« Et même capital, j'estime.

La Colère.

———

« — Tais-toi !.. cria le roi grognard
« D'une voix vibrant de colère,
« Affreux menteur ! de ton canard,
« J'ai pénétré tout le mystère.
« Toi, — ton requin -- et puis mon fils,
« Vous êtes trois gredins ensemble !
« Mais vous n'aurez pas grands profits
« De l'imposture, ce me semble!

« Ah ! vous avez voulu, mes gueux,
« Sonder le terrain du vieux père?
« L'attendrir au récit boiteux
« D'un désespoir imaginaire?
« Vous exposer à des requins
« Qui sont encor dans la coquille,
« Et terminer en fins coquins
« Ce petit drame de famille?

« C'est parfait ! mon fils a besoin
« Pour peu qu'il tienne à l'existence,
« Au fond des eaux, ou dans son coin,
« De cultiver la repentance.
« Quant à toi, monsieur le hâbleur,
« Qui nages comme une frégate,
« Je crains fort que pour ton malheur,
« Le requin t'ait pris par la patte.

« C'est toi qui nous a fait un mal
« Dont j'ai gardé la souvenance.
« Et tu ne peux être qu'un Gall,
« Si j'en juge à ton éloquence.
« Jamais crocodile, vraiment,
« N'eut une faconde pareille. —
« Ah ! brigand ! voici le moment
« Où je te pince par l'oreille !

Il fait un signe..... ami lecteur,
Ici ma plume se refuse
A tracer la scène d'horreur
Qui suivit, terrible et confuse.
Mon pauvre Gall?... ton souvenir
Ne peut sortir de ma mémoire,
Mais j'ai besoin pour en finir
Et de respirer et de boire.

4ᵐᵉ PARTIE.

Le Combat.

———

Que la pipe à l'homme ennuyé,
Est d'un secours incontestable !
Quand je me sens trop fourvoyé
Dans un impasse redoutable,
Je bourre alors mon calumet
En invoquant la douce muse,
Et bientôt ma verve se met
A jaillir bien qu'un peu confuse.

Le Gall en se voyant perdu,
Plus rapide que la pensée,
Saisit un sabre suspendu
A la tenture damassée,
Et de ce sabre il décrivit
Un moulinet si formidable,
Que de trois turcs il s'en suivit
La mort à jamais regrettable.

Aussitôt quatre-vingt kandjiars
Sont tirés des larges ceintures.
De tigres et de léopards,
On dirait autant de figures.
En mille pièces notre Gall
Va mourir, héros homérique,
Digne d'être chanté moins mal,
Par l'Europe et par l'Amérique !

Mais cette fois il a compris
Que l'espérance est un vain leurre.
Aussi veut-il à certain prix
Faire payer sa dernière heure.
De son grand sabre et des deux mains.
— Ah ! c'était une fière lame ! —
Il abat tant de Maugrebins,
Que la peur se glisse en leur âme.

Il se fait alors tout d'un coup
Autour du Gall un cercle immense.
La valeur inspire beaucoup
De respect et de déférence.
Les assaillants, avec effroi,
Considéraient ce diabolique ;
Et l'on prétend que le vieux roi
En avait presque la colique.

Le Repos.

Arrêtons-nous un peu, lecteur,
Au bord de ce ruisseau limpide.
Je sais que le trop de longueur,
Rend souvent un conte insipide;
J'aime aussi beaucoup le repos,
Laissez-moi donc reprendre haleine,
Dans les solitaires coteaux,
Etendu sous l'ombre d'un chêne.

La course est longue et la chaleur
Nous rend la halte nécessaire :
Asseyons-nous près de la fleur
De la fontaine solitaire,
Elle croît au bord de cette eau,
Humble, tendre et de grâce pleine,
Douce compagne de l'oiseau,
Qui vient boire à cette fontaine.

Elle croît sous le roc noirci
Par les coups bruyants de la foudre.
Faible et tendre elle sort ainsi
De ses débris et de sa poudre.
C'est un père — et l'âpre rocher,
Dont la face est toute meurtrie,
Semble heureux de pouvoir cacher
Et sauver sa fille chérie.

Que nul ne touche à cette fleur,
Qui se mire au cristal des ondes !
Elle est le charme, elle est la sœur
Des bois et des forêts profondes ;
A la brise, au chêne, à l'oiseau,
Laissez la frêle créature,
Ou leur plainte aux pleurs du ruisseau
Se joindra, comme à son murmure.

L'Histoire.

———

Le jour se levait nébuleux
Sur le pays des crocodiles,
C'était étrange et fabuleux
Pour le Nil aux rives fertiles;
Depuis les temps de Pharaon,
De Joseph et du grand Moïse,
Jamais ce ciel d'airain, dit-on,
N'avait vêtu de robe grise.

Terre au jour des brûlants rayons
Où Memnon parlait à l'aurore,
Où du sable ardent nous voyons,
Un monde éteint surgir encore,
O pays des mille ans passés !
Egypte, avec ton lit de pierre,
Combien ne vois-tu pas dressés,
De siècles morts, dans ta poussière ?

N'as-tu pas vu les bataillons
De Darius et de Cambyse?
Le juif fuyant sous les haillons
Pour chercher la terre promise?
Alexandre et ses beaux guerriers,
A grands pas parcourant la terre;
Et parmi tes bois de lauriers,
Apollon berger solitaire?

N'as-tu pas vu Jules César
Entre les bras de Cléopâtre?
Antoine devenir plus tard
D'elle aussi l'esclave idolâtre?
N'as-tu pas vu de l'Alcoran
L'ouragan terrible et sauvage?
Et saint Louis, ce bon roi franc,
Venir mourir à ton rivage?

N'as-tu pas vu Napoléon
Gravant son nom aux pyramides?
Et dans le sang français, Nelson
S'inscrivant sur les bords humides?
As-tu perdu le souvenir
Du canon qui broya le Caire,
Et les Sphinx ont-ils pu dormir,
Entre Aboukir et ce tonnerre?

L'Homme.

—◄•►—

J'entends sonner au vieux cadran
L'heure de clore mon poème;
Ici bas où tout va courant,
Tout naît, grandit et meurt de même.
Aujourd'hui, je vois le soleil,
J'agis, je pense à ma manière,
Et demain l'insecte vermeil
Bourdonnera sur ma poussière.

De toutes parts l'éternité
Nous enveloppe et nous menace.
Nous passons dans l'immensité
Et de nos pieds voit-on la trace?
Légers atomes d'un moment,
Un moment voyant la lumière,
Nous rentrons au gouffre béant,
Oubliant, oubliés — misère !

Gloire, revers, amours, pitié,
Souvenirs remplis de tristesse ;
Regrets poignants, inimitié,
Jours de malheur, jours d'allégresse ;
Espoir, désirs, profond amour,
Attachement, haine vivace ;
Tout cela d'un rayon du jour,
Voit à peine un reflet... et passe.

L'homme n'est rien qu'un feu follet
Animant une faible argile,
Le vent de mort, quand il lui plait,
Souffle en passant ce feu débile,
L'homme s'éteint — avez-vous vu
Quelque chose restant d'un homme ? —
Un sépulcre — un marbre rompu,
Où l'orgueil insensé le nomme.

Cherchez, cherchez — plus loin, plus loin,
Que l'homme infime et sa misère.
L'appui dont vous avez besoin,
Ce n'est pas trois onces de terre.
Mais où donc est l'appui cherché
Dis-le nous — par le cœur avide ?
Le sais-je ? — comme vous penché
En pensant sur l'ombre du vide.

La Captivité.

Je crois avoir laissé le Gall,
Mon lecteur s'en souvient, je pense,
N'ayant pas trop le temps normal
De se livrer à la science.
Mais au milieu des Mamelucks,
Des kandjiars et des cimeterres,
Ayant rendu morts ou perclus,
Trente turcs que pleuraient leurs mères.

Pour en finir rapidement
Sachez que l'enfant de la Gaule,
A la fin blessé gravement
Par un gredin dans une épaule,
Le vieux roi le fit empoigner,
Et garotter; on peut le croire;
Quand à songer à le soigner,
Il l'oublia, nous dit l'histoire.

« Liez-moi, dit le roi grognard,
« Ce gaillard de la bonne sorte.
« Dans la prison, sur un brancard
« Qu'on me le mette et qu'on l'emporte.
« Je veux demain me régaler,
« —Car il est fort sur la harangue, —
« D'un discours sur l'art de parler,
« En lui faisant couper la langue. »

On l'emporta, — mon pauvre Gall,
Dans la prison jeté par terre,
Sur un sol humide, inégal,
Réfléchissait à son affaire :
« Allons, dit-il, c'est bien fini,
« Je suis au bout de ma ficelle ;
« Il faut en prendre son parti,
« Et laisser voguer la nacelle.

« Dormons — dormir ? — Mais je ne puis,
« La mort est là qui me regarde,
« Comme elle sent que je suis pris ?
« Combien mon supplice lui tarde ?
« Ah ! la mort est pénible à voir,
« Quand on est seul dans les ténèbres ;
« Seul avec elle, sans pouvoir
« Repousser ses baisers funèbres.

« O douleur ! voilà donc le but
« De vingt ans de maux et de peine?
« Mourir là, comme un vil rebut,
« Objet de mépris et de haine.
« De haine — car demain j'attends
« Les tourments les plus effroyables ;
« Et sais bien ce dont les sultans
« Dans la vengeance sont capables. »

Alors il eut le souvenir
Du sol natal, de la patrie;
Il vit tour à tour revenir
Le vieux toit, la mère chérie,
Le vieux foyer, le pauvre chien,
Près de l'enfant gardien fidèle,
Et tous les deux s'aimant si bien,
Qu'ils mangeaient dans la même écuelle.

Alors il vit l'étroit sentier
Qui se perdait dans la colline
Le petit pré, le vieux noyer,
Le jardin, la vigne voisine.
Alors il se dit dans son cœur :
« Que n'ai-je su, simple et modeste,
« Rester là, garçon laboureur,
« Et laisser au diable le reste!

Les réflexions du Gall.

—

« Quel malheur de naître ici-bas
« Dans le fond honnête et sincère !
« On a beau faire, on ne peut pas
« Changer sa nature première.
« Qui m'empêchait de devenir
« Riche, puissant, impudent drôle,
« De bien manger et de dormir
« Tout mon soûl pour une parole ? »

« Une parole, — un rien, — trahir
« Un serment, une foi jurée,
« C'est peu de chose pour jouir
« D'un bonheur de quelque durée.
« Mais du crime et du prix du sang,
« Sans pâlir pour manger la somme,
« Je le vois, et mon cœur le sent,
« Le Gall n'est pas assez grand homme.

« Qu'un autre donc cueille le fruit
« De honte et d'infamie insigne,
« Qu'au grand jour il mène grand bruit,
« Envié par la foule indigne!
« Qu'il présente au monde étonné,
« Son succès absolvant le crime!
« Moi je meurs, pauvre abandonné,
« Mais je meurs avec mon estime.

« C'est peu de chose, je le sens,
« Pour le vulgaire et notre monde.
« Mais, qu'est l'or de tous les puissants
« Sur le bord de la nuit profonde?
« Méhémet, mon vieux comme moi
« Il te faudra, coûte que coûte,
« Un beau matin, monsieur le roi,
« Nu comme un ver te mettre en route.

« C'est douloureux, je le comprends,
« Quand on a canons et puissance,
« De s'en aller, des gens si grands,
« Côte à côte avec l'indigence.
« Et de n'avoir pour tout secours,
« En face de l'incertitude,
« Que l'historique de nos jours,
« Nos méfaits, et l'inquiétude.

« C'est pour cela, quelle que soit
« D'autre part notre destinée,
« Gall, mon ami, reste à l'endroit,
« Reste, avec une âme obstinée.
« Il te serait peu rassurant,
« Si, frissonnant sur la grand'route,
« Une voix tout à coup sortant,
« Te criait — assassin ! — Ecoute? »

Ainsi pensait le malheureux,
Quand le matin se leva pâle.
Si j'ai dit ailleurs nébuleux,
Ce n'est pas chose principale.
Le jour est toujours obscurci
A celui que la mort abreuve,
Dieu me préserve et vousaussi,
De jamais en faire la preuve.

Le Dénouement.

———

J'ignore si l'ancien pacha
Dormit bien sous sa couverture,
Ou si le sang l'en empêcha,
Etant d'irascible nature.
Ce que je sais, c'est qu'il mourut,
« Est-ce possible? » Ma parole.
Que chacun au bruit accourut,
Et que chacun changea de rôle.

Le vieux roi ne valant plus rien
Tous les mangeurs de sa finance,
En firent cas comme d'un chien
Et prirent neuve contenance.
Ce fut à qui le plus ferait
L'hypocrite et menteur insigne,
A qui le plus se flatterait
Auprès d'un fils jadis indigne.

Ces gredins ne valent pas cher,
Plus épais que ne sont les mouches,
On les voit voler sur la chair,
Et Dieu sait avec quelles bouches !
Pour eux la question n'est pas
Que Pierre ou Paul mène la..... danse,
Mais d'avoir toujours leur repas
Au râtelier de la bombance.

On cherche donc mon Caïman
Par les faubourgs et par la ville.
Chacun dit qu'il était charmant
Et son père un vieil imbécile;
De partout ce n'était qu'un son
Sur les vertus de son altesse,
Les mieux payés pleuraient, dit-on,
D'émotion et de tendresse.

Toute la ville en mouvement
Cherchait le prince à son de trompe.
Celui-ci naturellement
Avait toujours peur qu'on le trompe.
A la fin le vacarme est tel,
Qu'il se hasarde à la fenêtre,
Et comprend enfin que le ciel,
Le favorise et le rend maître.

Ah ! c'est alors, qu'il fallait voir
Les avaleurs de toute trempe !
Applatis devant le pouvoir,
Si l'un se couche, l'autre rampe.
« — Monseigneur ! j'ai toujours été
« Hostile à Monsieur votre père.
« — Monseigneur ! je vous ai porté
« Dans mon cœur comme une prière.

« C'est bien ! c'est bien !—Ah ! Monseigneur,
« Quelle éloquence magnifique !
« Vous êtes né pour le bonheur
« De tout le continent d'Afrique.
« Sous votre règne nous verrons
« S'engraisser tous les crocodiles ;
« Pour notre part, nous vous jurons,
« De n'être pas les moins habiles.

« C'est un grand art que de savoir
« Gouverner les sots et le monde.
« Et de le leur faire entrevoir.
« Comme chose ardue et profonde.
« Leur montrer dans le firmament
« Les profondeurs du bleu céleste,
« Et leur tirer adroitement.
« L'argent des poches de la veste.

5

« Ah! c'est beau! c'est bien! Monseigneur,
« Pour une œuvre aussi charitable,
« Nous sentons, parole d'honneur!
« Un entraînemt véritable.
« Voyez nos cœurs! mettez la main!...
« Voilà qui bat pour les espèces?
« Ah! Monseigneur, que l'être humain
« Est farci de délicatesses.

« Des pensions, des traitements,
« En voilà des mots agréables!
« Nous passons sur les jurements
« Qu'en feront les contribuables;
« Mais donnez, donnez, Monseigneur!
« Fussiez-vous le diable en personne,
« Peu nous importe le donneur,
« Ce qu'il nous faut, c'est qu'on nous donne.

« C'est pour cela que nous tournons
« A tous vents, à toute marée,
« Et qu'à l'avance nous flairons,
« D'où pourra venir la curée.
« Notre foi — c'est un peu trop fort!
« On dit notre foi versatile?
« Elle est clouée au coffre-fort
« Où l'on prend la liste civile!

« Oui, Monseigneur, c'est le talent
« Des grands esprits de notre espèce!
« Ne pas lâcher d'un seul instant
« La bouée où flotte la caisse.
« Le reste sombre... Eh bien! pour nous,
« Toute morale se renferme,
« A tirer du malheur de tous,
« Grands profits et de piller ferme.

« Pour de l'argent nous lècherions.....
« De vos pieds la semelle auguste.
« Pour de l'or nous assommerions.....
« On ne peut vous le dire au juste.
« De l'argent, de l'or, de l'argent,
« Rigolbocher, voilà la vie,
« Ah! rien que d'y penser, vraiment!
« Cela vous en donne l'envie.

« Vous êtes fort, vous êtes grand,
« Vous avez de l'esprit pour quatre.
« Pour quatre? Ah! Monseigneur, vraiment,
« Ce serait à nous faire battre:
« Rien que le bout de votre nez,
« A plus d'esprit et de science,
« Que tous les peuples qui sont nés
« Sous votre sceptre, pour leur chance. »

C'est ainsi que ces fainéants,
De tout habit, de toute robe,
— Je veux parler du bon vieux temps,
Le notre est si gentil et probe! —
Ces hypocrites, ces menteurs,
Cette plaie, enfin, de la terre,
Saluaient de propos flatteurs
Celui qu'ils poursuivaient naguère.

Le Cachot.

———

Si jamais quelqu'un fut surpris,
C'est mon Gall, vous pouvez le croire.
Il luttait de tous ses esprits
Contre l'effet de l'humeur noire;
Mais, près de lui, dans la prison,
Un bruit de pas se fait entendre,
« Allons, sois fort, Gall, mon garçon,
« Se dit-il, car on vient te prendre. »

La porte s'ouvre : — « Est-ce un effet
« De ma vue ou de la lumière?
« Je me trompe et suis le jouet
« Des esprits à l'heure dernière.
« Quoi, — c'est le prince que je vois?
« — Oui le prince, ô soldat fidèle!
« A son tour venant cette fois
« Te tirer, je crois, d'une belle?

« Détachez-le! — Viens, mon vieux Gall,
« Entre les bras de ton élève.
« Ah! pauvre et brave original
« Près de toi mon cœur se relève.
« Tu fus jadis mon seul espoir,
« Mon ami, mon soutien, mon père,
« C'est maintenant qu'il faudra voir,
« Ce que le prince saura faire.

« Oui, bon prophète et vaillant cœur,
« Je saurai tenir ma parole.
« Tu mourrais fidèle à l'honneur
« Et je veux suivre ton école.
« Sortons, sortons de ce caveau,
« Où la mort rit à sa manière,
« A présent même, un jour nouveau
« Vient d'éclairer notre carrière.

« La main fatale de la mort
« A frappé mon père irritable.
« Je le plains, mais enfin mon sort
« Etait aussi trop misérable.
« Sans cela, malgré tous nos plans,
« Ton audace et ta rhétorique,
« Nous serions, moi, je crois dedans,
« Et toi logé sur une pique.

« Ouf! — dit le Gall en reprenant
« Sur-le-champ sa gaieté native,
« Monseigneur, je trouve étonnant,
« Par ma foi tout ce qui m'arrive.
« Mais enfin je suis détaché,
« Grâce à vous, que Dieu vous bénisse!
« Franchement je suis peu fâché,
« Que la chose ainsi se finisse. »

FIN.

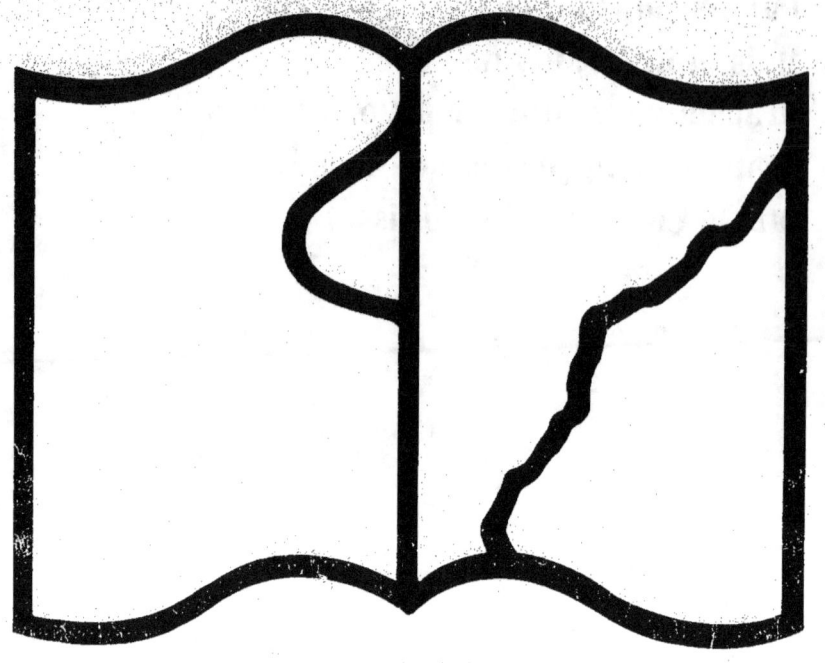

Texte détérioré — reliure défectueuse

NF Z 43-120-11

Contraste insuffisant

NF Z 43-120-14

www.ingramcontent.com/pod-product-compliance
Lightning Source LLC
Chambersburg PA
CBHW071115260626
47162CB00006B/2332